LAROUSSE

Robin Hood

Adaptación al portugués: Telma Guimarães Castro Andrade
Ilustraciones: Wilson Jorge Filho
Traducción al español: Beatriz Mira Andreu y Mariano Sánchez-Ventura

LAROUSSE

© 2001 Editora Scipione, Ltda.
"D. R." © MMIII por E. L., S. A. de C. V.
Dinamarca 81, México 06600, D. F.
ISBN: 85-262-3471-4 (Editora Scipione, Ltda.)
ISBN: 970-22-0528-X (E. L., S. A. de C. V.)
PRIMERA EDICIÓN

Impreso en México – Printed in Mexico

Índice

¿Robert o Robin?

El pueblo de Inglaterra vivía muy preocupado. El rey Ricardo Corazón de León había desaparecido en una guerra. Su hermano, el temible príncipe Juan, inventó que estaba preso y que sus captores pedían una enorme cantidad de dinero para liberarlo. Así pues, ordenó que cada mes se recaudara una cuota cada vez más alta para cubrir el rescate del rey.

La gente comenzó a reclamar:

—¿Dónde está el rey? ¿Acaso el dinero que os dimos no es suficiente?

—¡No!, respondían los soldados. Aún falta mucho para pagar su libertad.

El tiempo fue pasando…Y cada vez le quitaban más monedas al pueblo.

El príncipe Juan no tardó mucho tiempo en revelarse como un hombre malvado, que ordenaba matar a los terratenientes para quedarse con sus bienes.

En aquella época, los alguaciles se encargaban tanto de imponer el orden en las pequeñas ciudades, como de vigilar a las personas. Ya nadie podía cazar animales en los bosques, pues el príncipe se había adueñado de todo.

Un día se apoderó del castillo del conde de Lockesley y regaló sus tierras a su amigo, el barón Guy de Gisborne.

Cuando Robert, el hijo del conde, regresó de la guerra, se llevó un gran disgusto: había perdido su casa y su padre acababa de fallecer.

Will, su mejor amigo, le explicó:

—El príncipe Juan asesinó a vuestro padre. Tanto él como el alguacil de Nottingham, le roban dinero al pueblo con el pretexto de que el rey Ricardo está preso y para liberarlo se necesita pagar el rescate. Por eso han aumentado los impuestos. El príncipe es cada vez más rico. Ya no se puede cazar en estas tierras, pues todo le pertenece y manda arrestar y matar a hombres, mujeres y hasta niños.

Robert se quedó horrorizado al descubrir la situación de su pueblo.

—¡Ahora ya sé por qué vi tanta miseria por todas partes! Tengo que hablar con el príncipe Juan. ¡Esto no puede seguir así!

El príncipe, despreocupado ante el retorno del hijo del conde, recibió a los dos amigos.

—Quiero saber la verdad. ¿Qué pasó con el castillo de mi padre?

—Vuestro padre, el conde, debía muchas monedas de oro porque no había pagado los impuestos desde hacía tiempo, respondió el príncipe.

—¡Es verdad!, afirmó el alguacil de Nottingham.

—¡Fue lamentable! Estábamos negociando el pago de la deuda, cuando me atacó con su espada...

—¡Esas tierras son mías!, exclamó Robert apuntando con su espada a la garganta del príncipe, mientras Will amenazaba con la suya al alguacil. ¡Me vengaré de vosotros!, juró Robert.

—¡Eso es lo que vos creéis, Robert de Lockesley!, gruñó el príncipe.

—De hoy en adelante sólo seré Robin... ¡Robin Hood!

En ese momento aparecieron soldados por todas partes y los amigos se vieron obligados a huir.

Rumbo a Sherwood

—¡Vayamos al bosque de Sherwood, compañero!, sugirió Robin. Allí jamás osarán perseguirnos. Dicen que está embrujado...

Además de vengar la muerte de su padre, Robin también quería ayudar al pueblo. Nunca había visto que tantas personas pasaran hambre y pidieran limosna.

—Asaltemos a los amigos ricos del príncipe y del alguacil que viajan por los caminos, decidió Robin. ¿No toman ellos el dinero de los necesitados? ¡Pues entonces vamos a quitárselo para devolverlo a los pobres!, ¿qué os parece?

—Pero solamente seremos dos contra muchos soldados, respondió Will preocupado.

—Apuesto a que se nos unirán otros…, dijo Robin cubriéndose la cabeza con la capucha de su capa.

Pronto descubrieron un gran claro en el bosque y empezaron a adiestrarse con el arco y las flechas. Por fortuna, también había una cueva donde podían guarecerse de la lluvia.

Algunos días después, Will resolvió ir a Nottingham.

—Voy a conseguir más ropa para ambos, Robin. Con estos trapos que llevo puestos, nadie me reconocerá.

Will montó su caballo y partió a la ciudad, mientras Robin decidió ir a pescar.

El Pequeño Juan

Robin se detuvo a la orilla de un hermoso riachuelo. ¡Había tantos en el bosque de Sherwood! Quiso llegar al otro lado sobre el tronco de un árbol que atravesaba el río. En ese momento, vio a un hombre muy fornido que hacía lo mismo del otro lado. El tronco era largo y estrecho y solamente podía pasar una persona a la vez.

—Uno de los dos tendrá que bajar, gritó Robin al grandullón.

—¡Seréis vos!, exclamó el hombre señalando a Robin.

De seguir los dos sobre el tronco, sin duda éste se rompería. El forastero era bastante más grueso que Robin y muchísimo más alto.

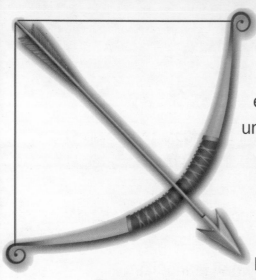

—Yo empecé a atravesar primero, "señor enano", dijo desafiante el gigantón, blandiendo un enorme palo.

—Veamos quién es "el señor enano", exclamó Robin aproximándose.

La lucha comenzó. Ambos eran rápidos, peleaban de igual a igual… hasta que Robin perdió el equilibrio y cayó al riachuelo.

El adversario, a su vez, acabó riendo a carcajadas.

—¿No está el agua demasiado caliente para bañarse?, preguntó en tono burlón, aunque enseguida extendió sus brazos para ayudarlo.

Con un movimiento veloz y sorpresivo, Robin lo empujó y en un instante, el grandullón también cayó al riachuelo. Ambos rieron a carcajadas. Tras el inesperado baño, Robin encendió una hoguera para secar sus ropas mojadas. El gigantón se presentó como el Pequeño Juan.

—¿El Pequeño Juan?, dijo extrañado Robin.

—Me gané ese apodo de niño. Y, ¿quién sois vos?

—Mi nombre es Robin, Robin Hood.

—¿El hijo del conde de Lockesley?

El Pequeño Juan se puso de pie. Bien sabía que el príncipe había asesinado al padre de Robin y que también el alguacil tendría que rendirle cuentas.

Robin expuso su plan. El gigantón de inmediato se ofreció como miembro de la banda.

—¡Conozco muchas personas que están en contra del príncipe y sus amigos!, comentó el Pequeño Juan.

—Pues id a buscarlas. ¡Necesitamos unirnos todos contra el príncipe!, siguió diciendo Robin, ya casi seco. Will y yo descubrimos un claro en el bosque, más adentro. Allí nos quedaremos.

El Pequeño Juan estuvo de acuerdo. Pronto regresaría con algunos amigos.

Un asalto

—¡Tenemos que conseguir dinero!, propuso Robin reunido con sus amigos en la cueva. Muchas personas están pasando hambre en Nottingham. Debemos ayudarlas.

—Supe que un amigo del príncipe está en camino…, informó el Pequeño Juan. Parece que trae mucho dinero.

—¡Asaltaremos a ese ricachón!, Robin llamó a sus hombres. Necesitamos palos, arcos y muchas flechas. No olvidéis cubrir vuestras cabezas con capuchas.

Prepararon una trampa justo en medio de un camino muy estrecho: Algunos hombres fingirían estar arreglando una carreta para obligar a la comitiva a detenerse. En ese momento, los demás saldrían de entre los árboles y atacarían por los costados.

El ardid funcionó de maravilla. Cuando el ricachón bajó de su carruaje para ver lo que sucedía, Robin lo atacó. En unos cuantos segundos, sus hombres rodearon al cochero y a los demás acompañantes.

—He sabido que el señor tiene muchas monedas de oro, dijo Robin saltando del caballo.

11

—Yo… yo no… El hombre, muy bien vestido, intentó esconder una caja.

—¡Vamos! ¡Entregad el dinero!, ordenó Robin. Estoy seguro de que no os hará falta. ¡Apuesto a que tenéis mucho más!

Robin le arrebató la caja.

—Tened piedad, muchacho…, rogó el hombre.

—La tengo. Tengo piedad de los pobres, de los miserables, de los hambrientos, de las personas que no tienen techo ni cama… Este dinero, caballero, ayudará a los necesitados. ¡Es para una buena causa! ¡Ah!, pero veo que vos cargáis con un baúl muy grande… ¡Ropa!

Con la ayuda de sus compañeros, Robin se adueñó del botín.

—¡Cuánta bondad la vuestra! ¡Sois tan generoso que donaréis toda esta ropa a los pobres!, sonrió Robin.

—Pero… pero, ¿nos vais a dejar sin nada?, el hombre estaba furioso.

—Os quedaréis con la ropa que lleváis puesta. Muchos hay que no tienen ni eso, caballero. Robin señaló con su espada el pecho del hombre.

—Voy… voy a… contarle… todo al… prín… príncipe, tartamudeó el ricachón.

—Id a contarle. Decidle que fuisteis… asaltado. Entonces Robin decidió correr la cortina del carruaje, por si acaso el ricachón escondía algún otro tesoro.

¡Una hermosa doncella! Ése era el mayor tesoro que guardaba en el carruaje.

—¡Buenos días!, exclamó Robin con admiración.

—¡Dejad en paz a mi sobrina! ¡Está comprometida!

Robin no hizo caso al tío de la joven.

—Mi nombre es Robin… ¡Robin Hood!, dijo quitándose la capucha y descubriendo su rostro.

La bella joven sonrió: "¿Quién sería aquel ladrón?". Sin duda el hombre más guapo que ella jamás había visto.

—Soy Marian…, dijo en voz baja.

—¡Robin, tenemos que irnos! Se acercan muchos caballos.

—Marian, ¡espero que pronto volvamos a vernos!, se despidió Robin de la hermosa joven.

Rápidamente, Robin y sus hombres se adentraron en el bosque de Sherwood y desaparecieron como por arte de magia.

Marian y el barón

Cuando llegó a Nottingham, el tío de Marian le contó a todos lo que le había pasado.

—¡Robin Hood y sus secuaces! ¡Miserables!, el alguacil se puso furioso.

—Desgraciadamente, me robó todas las monedas de oro que traía…, se lamentó el tío de Marian.

Al príncipe no le hizo ninguna gracia la historia, pues contaba con ese dinero. Aquel asaltante había actuado una vez más.

Con objeto de verificar lo acontecido, el príncipe hizo más preguntas:

—¿Cómo es ese ladrón?

—Usa una capucha que le cubre el rostro, señor.

—¿Iba solo?

—No. Él y sus hombres tenían preparada una emboscada en el camino. Cuando me quitó el dinero, dijo que se lo daría a los pobres y a los hambrientos.

El príncipe, el barón y el alguacil llegaron a la conclusión de que el hombre decía la verdad.

—Bueno, por lo menos no se llevaron vuestro mayor tesoro, exclamó el barón mirando a Marian, su futura esposa, mientras se sentaba a su lado, después de que el príncipe tomara asiento en la cabecera de la mesa.

Durante la comida, el barón intentó mostrarse cortés, pero Marian apenas le dirigió la palabra. Su futuro novio le parecía un hombre grosero y mal educado. En cambio, Robin Hood… ¡él era diferente!

Permaneció callada todo el tiempo. Nada le interesaba de ese presumido que sólo hablaba de sus privilegios y riquezas.

El príncipe les contaba que su hermano, el rey Ricardo, había fallecido en la guerra. Por eso, de ahora en adelante, él tomaría su lugar. El barón quedó impresionado con la historia. Marian también… pero a ella le asombró la habilidad para mentir del príncipe.

—No puedo creer que el rey haya muerto, príncipe Juan.

—Por desgracia, ésas fueron las últimas noticias que recibí. ¿Por qué? ¿Sabéis algo?, preguntó el príncipe, levantándose de la mesa.

—Creo que su Alteza puede estar equivocado, eso es todo. ¡Mucha gente dice haber visto vivo al rey Ricardo!, Marian respondió con sinceridad, sin perder la calma.

—¡Está muerto!, repitió el príncipe, sentándose nuevamente. Estoy seguro de ello. Ahora, todo esto será mío. El castillo, las propiedades, el pueblo… todos deberán obedecerme…, ¡incluyendo a vuestro tío y a vos misma, Marian!

La joven suspiró profundamente. Aquel hombre resultaba más despreciable que el alguacil y el barón juntos: Más de una vez miró con tristeza a aquel que habría de ser su marido.

—¿Ya habéis decidido cuándo será la boda?, preguntó el príncipe a la pareja.

—Quiero que se efectúe lo más pronto posible, príncipe Juan.

El barón estaba alegre.

—¡El vestido!, Marian tuvo una idea. No puedo usar cualquier vestido. ¡Quiero el más bello de todos! ¡El más deslumbrante!, siguió diciendo, para ganar tiempo y encontrar una escapatoria a ese horrible novio, malvado y mal educado. Robin... quiero decir, el asaltante, nos robó todo el equipaje. Mi vestido de novia estaba dentro del baúl. ¡Quiero otro igual!

—Lo tendréis, Marian, aunque tome algo de tiempo hallar una buena costurera.

Guy de Gisborne tomó la mano de Marian y agregó:

—Robin Hood pagará con su propia vida el haberos asaltado.

La linda doncella sintió un escalofrío en la espalda: ¡Robin!

¿Lo volvería a ver algún día?

Mientras tanto, en el bosque...

Robin y sus compañeros hicieron sus escondites en los árboles.

—¡Tenemos que ser precavidos! Si nos encuentran, nos defenderemos desde arriba.

Will pasaba buena parte del tiempo entrenando a los hombres. Varias mujeres con sus hijos también se habían unido a la banda, para acompañar a sus maridos. Ellas cuidaban de los niños, limpiaban las cabañas y las ropas que Robin obtenía en cada asalto, luego las remendaban y arreglaban: la mitad se distribuía a escondidas entre la gente pobre que habitaba en Nottingham.

Desde muy temprano, los hombres salían a cazar y a pescar para que las mujeres pudieran hacer la comida. Faltaban muchas cosas en el bosque, pero vivían como podían.

Much, un hábil arquero, hacía muñecos que servían para practicar el tiro al blanco. Incluso los niños sabían ya cómo preparar trampas y, como en cualquier ciudad, tenían un horario para jugar, comer, hacer sus tareas y aprender a defenderse.

—Vosotros podéis trenzar las cuerdas para las trampas. Robin enseñaba cómo hacerlo a los más pequeños: Observad, es un trabajo que requiere inteligencia.

—¿Podemos hacer los muñecos también, Robin?

—¡Excelente idea! Hacedlos de buen tamaño.

Sentado durante un rato, Robin pensaba en Marian: "¿Quién era aquella linda moza?". Necesitaba saberlo, necesitaba verla de nuevo. "Pero ella está comprometida", recordó. "¿De quién sería novia?".

—Robin, necesitamos un fraile lo antes posible, dijo Much interrumpiendo los pensamientos de Robin para explicarle que una pareja quería casarse.

—¡Bravo! ¡Será la primera boda en el bosque de Sherwood!, se alegró Robin. ¿Un fraile? ¿Dónde conseguiremos un fraile que quiera venir al bosque?

—¿Cómo he de saberlo, Robin?, contestó Much alzando los hombros. ¿Cómo voy a saberlo? Aunque el vestido de novia ya lo tenemos. ¿Recordáis al hombre que asaltamos la semana pasada?

—El vestido de novia… sí, estaba en el baúl que trajimos…

Much tenía razón. El tío de Marian había dicho que ella iba a casarse. ¿Con quién? Necesitaba saberlo. Sí, antes de que ella contrajera matrimonio.

La recompensa

El alguacil de Nottingham, bastante preocupado con la popularidad del protector de los pobres, ordenó a los soldados que divulgaran por todos lados la promesa de una gran recompensa para quien capturara a Robin Hood.

—¡VIVO O MUERTO! Ofrezco muchas monedas de oro. ¡MUCHAS! ¿Entendéis?

Sí, los soldados habían entendido y estaban muy interesados en capturar al asaltante.

Cuando supo de la recompensa, el barón dio saltos de alegría. Robin le había robado sus mejores caballos y quería verlo preso: Preso y colgado.

—¿Ya supisteis la noticia?, le preguntó el tío a Marian.

—¿Qué noticia?, respondió ella intrigada.

—Mi primo, el alguacil de Nottingham, está ofreciendo una gran recompensa por la captura del ladrón.

Marian se asustó.

—¿Qué ladrón?, preguntó con voz apagada.

—¡Robin Hood! Ofrecen muchas monedas de oro para quien lo encuentre, ¡vivo o muerto!

Marian palideció.

—¿Y vos, Marian? ¿Qué pensáis?, preguntó el barón mirando a su prometida.

—¿Qué debo pensar de quien me robó lo que más quiero?, diciendo esto, subió corriendo la escalera del castillo.

—¿Qué os robó?, dijo el barón desconfiado.

—El vestido, barón. ¡El vestido de novia!

—Es verdad... El barón se frotó la barba pensativo. Aquel maldito había robado el vestido de novia de Marian. Voy a pedir a mi primo que aumente la recompensa.

Marian se encerró en su habitación. Sí, Robin le había robado lo más preciado: su corazón. Él era el hombre con quien quería casarse. Tenía que encontrar la manera de advertirle del peligro que lo acechaba.

Un fraile en el camino

Un día, tras una lucha interminable, Robin y sus compañeros vencieron a los soldados del alguacil, quienes llevaban consigo una gran cantidad de arcos, flechas y espadas. Sin duda alguna, usarían ese armamento en sus asaltos.

Acompañaba a los soldados un fraile muy gordo, que se enfrentó a Robin para defender su barril de vino:

—Podéis llevaros todo, señor ladrón, menos mi vino. ¡Pelearé por él hasta el fin!

El fraile manejaba la espada bastante bien.

—¡Jamás vi a un fraile… pelear tan bien!, exclamó Robin.

—¡Jamás vi a un ladrón… vestir tan mal!, respondió el fraile.

Con su espada, Robin arrancó de tajo el cordón que rodeaba la cintura del gordinflón.

—Me estoy…

—¡Cansando!, terminó la frase Robin. Es la barriga, fraile. Necesitáis adelgazar.

—Nada de eso…, dijo el fraile extenuado. No os metáis en lo que no os importa.

—¿Acaso vais a una boda?, Robin bajó la espada de repente.

—Sí. Fui llamado al castillo de Nottingham para oficiar la boda de lady Marian con el barón Guy de Gisborne.

—¡Vámonos, Robin Hood!, gritó su amigo Much, ¡vámonos rápidamente de aquí!

—¿Robin Hood?, el fraile se puso pálido del susto. ¿Por qué no me dijisteis que erais vos? Yo me llamo Tuck. Mucho gusto, Robin.

—¿Queréis uniros a nosotros, fraile?

Robin Hood tenía enfrente a un hombre dispuesto. Fray Tuck no quería ir con los soldados al castillo del barón. Sería mucho mejor quedarse con Robin, celebrar misas, bodas, bautizos. Había oído hablar muchas cosas malas del príncipe, del alguacil y de sus soldados, así como del barón.

—El barón Guy de Gisborne se va a casar con lady Marian, anunció el fraile bebiendo un trago de vino.

—¿Vos la conocéis?, preguntó Robin.

—Cómo no. Yo vi crecer a esa niña.

—Pues entonces, fraile, ¡enteraos de que la niña Marian ha de casarse conmigo!, exclamó Robin saltando sobre su caballo.

Fray Tuck soltó una gran carcajada. Estaba seguro de que eso pasaría algún día.

La furia del alguacil

El alguacil no aceptaba la debilidad de sus soldados.

—¿Me estáis diciendo que se llevaron todas las armas que habíamos comprado? ¿Precisamente las que adquirimos para luchar contra Robin y sus secuaces? Pues ahora decidme: ¿CÓMO VOY A EXPLICAR ESTO AL PRÍNCIPE? ¡ARRESTADLOS! ¡ARRESTAD A ESTOS INCOMPETENTES!, ordenó a su guardia especial.

Aunque estaban heridos, los soldados fueron llevados a prisión. El afligido alguacil se había quedado sin armas y sin caballos.

—¿Y EL FRAILE?, ¿DÓNDE ESTÁ EL FRAILE?, preguntó a los guardias.

—Pa... parece que Robin lo aprehendió..., tartamudeó uno de ellos.

Cuando supo la noticia, el príncipe no podía creer lo que había sucedido.

—Aumentaré la recompensa, decidió. Mil monedas de oro para quien entregue a Robin Hood... ¡Vivo o muerto! ¡Quiero vengarme!

—¡Lo encontraremos, príncipe!, exclamó el alguacil que no sabía qué decir.

—¿Cuántos hombres iban con él?

—Mis soldados dicen que eran más de cien, mintió el alguacil.

—¿MÁS DE CIEN? Tenemos que acabarlos, alguacil. ¡Y ya no quiero más fallas! ¿Me habéis entendido?

El príncipe estaba furioso. Mirando fijamente a los ojos del alguacil, le ordenó:

—Ya hemos perdido muchos soldados y lo que es peor, mucho dinero. Os queda poco tiempo para cumplir vuestra promesa. ¡Id cuanto antes! Quiero que me traigáis a ese hombre. Vivo o muerto, como sea.

La fuga de Marian

La boda de Marian con el barón de Gisborne ya estaba lista.

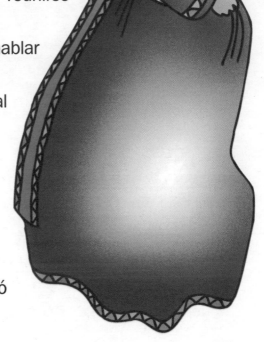

—Aquí está el vestido que pedisteis, Marian, dijo el barón, acercándose con un lindo vestido de novia.

—No me gusta, mintió la joven.

—Id y probároslo, respondió el barón, visiblemente impaciente.

Marian no tuvo más remedio que subir a su cuarto a probarse el vestido. Necesitaba urdir otro pretexto. Quería hablar con Robin, contarle sobre la recompensa, ¿estaría enterado ya? De repente se le ocurrió una idea: Diría que el vestido le quedaba apretado. Mientras la costurera lo arreglaba, ganaría tiempo para, ¿por qué no?, huir del castillo y reunirse con Robin.

Marian se quitó el vestido y bajó a hablar con el barón.

—¿Qué pasa?, inquirió el barón al percibir la cara de tristeza de la novia.

—Es muy lindo, mi querido novio, pero está muy apretado aquí en las mangas. El barón quedó decepcionado. Ya había fijado la fecha con el obispo. ¿Qué debía hacer?

—Haré que lo arreglen, respondió con sequedad y salió del castillo.

Marian no quiso bajar a cenar. Se disculpó diciendo que tenía algo de fiebre. Comió un poco de pan en su habitación, acomodó unas almohadas bajo las sábanas para simular un cuerpo, se cortó una mecha del cabello y la colocó sobre la almohada.

Si alguien entraba en la habitación pensaría que estaba dormida. Para que no la reconocieran, se vistió con algunas prendas del tío, ocultó las suyas en una bolsa y, con suma precaución, huyó del castillo. Evitando correr algún riesgo, todavía con mucha cautela, ensilló un caballo del barón y se alejó despacio, procurando que nadie oyera el galope del caballo.

Una vez en el camino, en plena oscuridad, cubrió su cabeza con la capucha y se aproximó a una cabaña que había visto a lo lejos. Tocó a la puerta.

Una pareja de aldeanos pobres abrió, temerosa de que se tratara de un enviado del alguacil. Al ver a Marian disfrazada, pensaron que era un jovencito. Les rogó que la llevaran hasta el bosque de Sherwood. Necesitaba hablar urgentemente con Robin Hood.

Creyendo en la sinceridad del doncel, que estaba desarmado, el hombre ensilló su caballo y llevó al visitante hasta el bosque de Sherwood. Allí, conforme a una seña convenida, dio un silbido para indicar que quería hablar con Robin.

En pocos minutos apareció Will Scarlet llevando una antorcha para iluminar el oscuro sendero.

—Este muchacho tiene algo importante que decirle a Robin, Will Scarlet, dijo el buen hombre señalando a Marian, aún montada en su caballo.

Will consideró que no habría problema. Se despidió del hombre, agradeciendo su ayuda: Aunque apareciera tan de noche, ¡podía tratarse de alguien que quería unirse a la banda!

Robin estaba junto a la fogata:

—Este joven os trae una noticia importantísima, dijo Will sonriendo.

¿Qué noticia tan importante podía traer ese chiquillo?

—¡Robin, el príncipe aumentó la recompensa por vuestra captura! Ofrece mil monedas de oro a quien os entregue... vivo o muerto.

—¡Caramba, qué importante soy!, exclamó Robin Hood mirando fijamente los ojos del chico. ¿Y vinisteis hasta aquí, arriesgando vuestra vida, tan sólo para decirme eso? Y tomando su mano, le preguntó: ¿Quién os contó lo de la recompensa? La mano era demasiado fina como para ser de un hombre.

Un momento... Robin se acercó más:

—Yo os conozco.

Marian se quitó en ese momento la capucha que casi cubría todo su rostro.

—¡Marian!

¡Sí, era ella!

Esa noche hubo una gran fiesta en el bosque de Sherwood que duró hasta la madrugada. Robin y Marian se hicieron novios. Era la mayor felicidad con que ambos podían haber soñado.

La venganza

Mientras la nueva pareja gozaba de su felicidad en el bosque, el tío de Marian estaba muy afligido en el castillo.

—¡Mi sobrina huyó!, gritaba a los sirvientes. ¡No hay duda de ello!, y mostraba la cama vacía con los cojines debajo de la colcha. Se cortó una mecha del cabello y la colocó sobre la almohada. ¡O huyó… o fue raptada! ¡Robin Hood! ¡Él pudo llevarse a Marian!

—¡No vimos a nadie entrar aquí, señor!, decían los sirvientes.

Antes de que Guy de Gisborne regresara, el tío de Marian montó sobre un caballo y salió en busca de su sobrina.

En el camino, avistó una cabaña en las cercanías. Tocó a la puerta y habló con el matrimonio de aldeanos que la habitaba. No habían recibido ninguna visita. Nadie había pasado por allí.

—Sólo aquel muchacho, ¿no es cierto, papá? El que preguntó dónde vivía Robin Hood, dijo inocentemente el hijo pequeño de la pareja.

—Bueno, sí… pero le dijimos al jovencito que no conocemos a Robin…, el padre se atragantó, a Robin Hood.

—¿Jovencito?, preguntó desconfiado el tío de Marian. Seguro que era ella, pues él había echado de menos algunas prendas de vestir, además de un caballo.

—¡Decid la verdad! ¿Llevasteis a ese muchacho al bosque de Sherwood?, insistió furibundo el tío de Marian.

—¡No, señor! ¡Os juro que no!

El pobre aldeano estaba muerto de miedo. El tío de Marian desistió. Esa gente jamás diría la verdad. Todos querían a Robin, el asaltante.

Cuando Gisborne volvió de cacería, quiso hablar enseguida con Marian.

—¿Dónde está mi novia?, preguntó.

El tío hizo de tripas corazón y le contó lo sucedido: Marian se había fugado en un caballo.

El novio estaba furioso. Sólo logró calmarse cuando el tío de Marian le habló sobre los aldeanos con quienes estuvo. Seguramente Marian, disfrazada con prendas masculinas, les había pedido que la llevaran al bosque de Sherwood. De un tiempo para acá, su sobrina hacía muchas preguntas sobre el asaltante. Estaba algo rara y mostraba demasiada compasión hacia los pobres y los mendigos.

—¡Yo la traeré de regreso! ¡Necesito el apoyo del alguacil y de muchos hombres!, Guy de Gisborne andaba de un lado para otro. Yo la traeré de vuelta y ella…. ¡ELLA SE CASARÁ CONMIGO SEGÚN CONVINIMOS!

El tío se limpió el sudor de la frente. ¿Cómo era posible que su sobrina hubiera perdido así la cabeza? ¿Por qué había actuado así? ¿No estaba feliz con su noviazgo? Iba a ser una mujer muy rica, viviría en el castillo del barón, tendría muchos servidores, joyas, oro…

—Mañana hablaré con el alguacil. ¡Acabaremos con ese ladrón de… novias!, exclamó Guy de Gisborne.

Una limosna, por favor

Robin estaba reunido con algunos de sus hombres. Un grupo había salido para distribuir dinero entre los pobres de Nottingham. Era necesario ayudarlos para que el alguacil no los mandara apresar, porque el príncipe había aumentado los impuestos a propósito.

—Nuestro dinero se está acabando de nuevo, comentó Robin con preocupación. Debemos conseguir más… mucho más.

—¡Un asalto!, sugirió Much.

—¿Qué tal si nos damos la vuelta por una capilla, fray Tuck?, preguntó Robin.

—Bueno, en las capillas los ricos dan dinero a los pobres…, respondió el fraile pensativo.

—¡Pues entonces vayamos a la capilla de Nottingham!, decidió Robin.

—¡Temo que nos reconozcan!, respondió Will intranquilo.

—Tengo una idea. Iremos con las ropas muy rasgadas… ¡más de lo que ya están! Y llenas de lodo. Robin se inclinó, tomó tierra y ensució su rostro. Pareceremos mendigos. Durante la misa pediremos dinero. ¿No es así como se hace, fray Tuck?

El fraile rió. En la capilla de Nottingham había de todo, menos gente pobre. Allí sólo entraban los ricos. Los pobres apenas se acercaban para pedir limosna.

—Much y Will, vosotros permaneceréis aquí para cuidar a Marian y a las demás mujeres, señaló Robin. Toda precaución es poca: Los de acá, a mi derecha, vendréis conmigo, añadió señalando a otro grupo que lo escuchaba atentamente. No os olvidéis de llevar vuestra espada debajo de los trapos que vestiremos. Les daremos una bonita sorpresa.

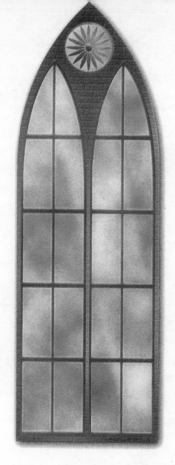

Tras despedirse de Marian, Robin, fray Tuck y el resto de la pandilla se disfrazaron de mendigos y partieron a la capilla de Nottingham.

La misa ya había comenzado. Los asistentes, muy bien ataviados, se extrañaron al ver a aquel grupo de mendigos malolientes al fondo de la capilla.

Al obispo no le agradaban esas sucias personas. Le estaban estropeando el sermón y quiso apresurarse. Llegó el momento de recibir las limosnas pero, ¿qué estaba sucediendo?

—Una caridad, por favor, rogaban los pordioseros.

"¡Esos mendigos no tienen vergüenza! ¿De veras están pidiendo limosna a mis fieles?", pensó el obispo. Procurando armarse de toda la paciencia del mundo, el obispo esperó a que los indigentes terminaran de pedir limosna. Por fortuna sus fieles eran personas de muy buen corazón. Depositaban monedas de oro en las alforjas de esos sucios mendigos. ¡Qué maravilla! Tanta bondad tenía que alegrar a Dios. ¡Santa Madre! ¡Hasta las damas les entregaban sus joyas! ¡Era una exageración!

El obispo cerró los ojos y rezó en voz alta. Agradeció a Dios el haberle encomendado una iglesia tan llena de almas buenas, quienes sin duda alguna ganarían el cielo.

En plena oración, oyó a alguien gritar:

—¡Fuimos asaltados por esos pordioseros!

El obispo se llevó un gran susto. La gente gritaba.

—¿Cómo? ¿Decidme qué aconteció?, no entendía nada.

—¡NOS ASALTARON! ¡LOS MENDIGOS TRAÍAN ESPADAS DEBAJO DE LA ROPA!, gritó un hombre.

—¡MIS JOYAS!, una mujer cayó desmayada.

—¡ROBIN HOOD! ¡Sólo pudo ser Robin Hood y su cuadrilla de ladrones!

La gente, desesperada, se lamentaba de haber entregado sus monedas de oro y todas sus joyas.

El obispo palideció. Su amigo el alguacil tenía razón: ese bandido merecía ser apresado y ahorcado.

A pocos pasos de allí, Robin, fray Tuck y sus amigos ya estaban listos para partir. Aunque estaban vestidos como mendigos, pasarían por algunas casas para dejar dinero, decidió Robin. Sabía que ese día iría el alguacil a recaudar los impuestos.

En el camino de regreso al bosque, fray Tuck rió a sus anchas. Se había divertido a lo grande. Nadie quería al obispo de Nottingham, pues sólo celebraba misa para los ricos. Había olvidado todas las cosas que una vez aprendió: amar a todos los seres, pobres o ricos, sanos o enfermos, no era eso lo que practicaba. ¿Acaso lo cambiarían unas clases en el bosque de Sherwood?

¡Vivo o muerto!

Al amanecer del día siguiente, el príncipe ordenó al alguacil que reuniera a todos los soldados de Nottingham. Primero irían a la cabaña de los aldeanos y tomarían a su hijo como rehén; obligándolos a revelar dónde habían llevado a Marian, encontrarían el escondite de Robin Hood.

De lo contrario, el hijo...

Los soldados estaban armados y, a una orden del alguacil, salieron con sus caballos rumbo a la cabaña.

—¡Abrid en nombre del príncipe Juan!, gritó el alguacil, mientras golpeaba la puerta de la cabaña.

Aterrado, el buen hombre, temió que su hijo fuera muerto por los soldados y no tuvo más remedio que revelar el escondite de Robin, a quien había jurado lealtad. Montado en su caballo, condujo al príncipe, al alguacil, al barón y a los soldados hasta una de las entradas del bosque de Sherwood.

—¡Ved esto! Nunca hubiera imaginado que detrás de esa vegetación existía un pasadizo secreto. ¡Es el espacio exacto para que un caballo pueda pasar!, comentó sorprendido el alguacil.

Procurando no hacer ruido, los soldados desmontaron. Uno a uno entraron por el estrecho pasadizo que se iba agrandando más adelante.

—¡Un camino en medio del bosque! ¡Quién lo diría!, exclamó en voz baja el barón.

—¡Preparad vuestros arcos y flechas... les daremos una buena sorpresa!, ordenó el alguacil.

Con precaución para no caer en una trampa, miraban hacia todos lados... hacia abajo... pero no hacia arriba, desde donde se oyó, de repente, un largo silbido.

La banda de Robin fue alertada de la llegada de los soldados.

—¡Es una emboscada! Empuñad vuestras espadas..., gritó Much.

—¡Alistad arcos y flechas!, ordenó Will.

—¡Ay!, gimió un soldado que cayó, con todo y caballo, dentro de una trampa.

Los hombres de Robin aparecieron por todos lados. Comenzó una batalla intensa: Los soldados del alguacil atacaban sin cesar. Aunque disparaban sus flechas desde lo alto de los árboles, los hombres de Robin no lograron contener a los soldados. Al poco tiempo fueron dominados por éstos.

—¡Éste es Will Scarlet!, el alguacil estaba muy orgulloso de haber apresado a Will.

—¿No es éste el tal Much?, dijo el príncipe señalando a un hombre herido.

Las mujeres todavía intentaban luchar con los soldados, pero también fueron sometidas.

—¡Marian!, el barón arrastró a una joven por la mano.

—¡Soltadme!, Marian intentó huir de Guy de Gisborne.

—¡Más vale que os comportéis!, el barón perdía la paciencia: ¡Nos casaremos lo antes posible!

—Eso es lo que vos pensáis…, respondió Marian. ¡Soy la prometida de Robin Hood! ¡Él vendrá a salvarme!

—¡Robin! ¿Dónde está Robin Hood?, gritó el príncipe.

—Llegasteis un poco tarde, príncipe, mintió Marian. Robin fue a Nottingham. Estará de regreso en un par de días.

Los tres estaban furiosos. De cualquier manera, se llevarían a todos aquellos hombres como prisioneros. Sabían que Robin haría lo imposible para salvarlos de la horca.

—¡Quiero ver si el tal Robin aparece para salvaros la vida!, les decía el alguacil a sus presos mientras los empujaba con la punta de su espada. ¡En marcha, caballeros! ¡Andando, perezosos!

Marian suplicó al barón que no se llevaran prisioneras a las mujeres y a los niños.

—Os lo imploro, barón. Dejad que se queden. ¡No hicieron nada malo!

El barón aceptó la petición. Hablaría con el príncipe y con el alguacil.

—¿No romperéis la promesa de casaros conmigo? ¿Ya no intentaréis huir?

—¡Os lo prometo!, Marian no tenía otra salida.

Cuando llegaron a Nottingham con los prisioneros, el alguacil advirtió al pueblo que los principales amigos de Robin Hood serían ahorcados al día siguiente, al mediodía.

La sorpresa

Robin observó la vegetación que cubría la entrada secreta del bosque de Sherwood. Él conocía cada árbol de aquel lugar.

—¡Mirad! ¡Han pasado caballos por aquí!, Robin apresuró el paso.

En silencio, cabalgaron hasta el claro en el bosque. Por el camino, encontraron heridos a muchos de sus hombres.

¿Dónde estaban Will, Much y Marian?

—Se los... llevaron... Alguien... nos traicionó, dijo una mujer que apenas podía hablar de tan asustada que estaba. Marian... ella le rogó al barón que no permitiera que el alguacil nos matara. ¡Se van a casar, Robin!

Robin gritó tan fuerte que los pájaros volaron asustados.

—¡VAN A AHORCARLOS, FRAY TUCK!

Robin necesitaba pensar en algo. Por lo pronto, tenían que irse de allí lo antes posible.

Reunió a las mujeres y a los niños y partió con sus hombres a otro escondite. Allí, con más calma, consideró:

—Somos diez… pero debemos parecer cien, amigos. Mañana saldremos a Nottingham. Tenemos que salvar a nuestros hermanos de la horca.

Y comenzó a trazar un plan sobre el suelo terroso. La fina lluvia y la espesa neblina no estropearían el plan de Robin. Todo tenía que funcionar a la perfección. Había que actuar con rapidez.

—¿Os acordáis de los uniformes que les quitamos a los soldados, Robin?, preguntó fray Tuck.

Esos serían los disfraces que usarían. Sólo haciéndose pasar por miembros de la guardia del alguacil podrían entrar en la ciudad sin ser reconocidos. Incluso fray Tuck tendría que luchar.

—¡Las armas! ¡No olvidéis vuestras armas! ¡Luchad con todas… y con los puños también!, gritó Robin mientras levantaba su puño.

"¡Marian, tengo que liberaos de las manos de ese barón!", se dijo Robin pensando en su novia.

"¡Mañana, Marian! ¡Mañana!".

La horca

Los habitantes de Nottingham amanecieron frente al castillo del príncipe Juan. Las horcas estaban listas, con las cuerdas en lo alto, los cajones del cadalso esperaban vacíos.

A decir verdad, la multitud anhelaba que Robin Hood saliera de algún lugar para salvar a sus amigos: Todo el mundo sabía que el alguacil no lo había encontrado en el escondite del bosque.

En la celda, los prisioneros conversaban, a pesar de que los guardias les gritaban que permanecieran en silencio.

—Ya casi es hora…, avisó uno de ellos mirando por la pequeña ventana.

Los soldados abrieron la puerta de la celda. Había llegado el momento. En la plaza llena de gente, el príncipe ocupaba el lugar de honor, al lado del alguacil, el barón, Marian y su tío. Sus labios dibujaban una amplia sonrisa.

Los soldados trajeron a los condenados y los obligaron a arrodillarse ante el príncipe.

La muchedumbre presenciaba todo en silencio. De ahora en adelante sólo podían empeorar las cosas. Si Robin y su banda no los salvaban, ¿quién lo haría?

Los prisioneros subieron a los cajones y un guardia con el rostro cubierto con una capucha negra fue poniéndoles, uno a uno, la cuerda alrededor del cuello. Ahora, sólo esperaba la orden para tirar de un golpe los cajones que estaban bajo los pies de los condenados.

Will, Much y sus amigos cerraron los ojos. Robin no vendría: ¿Habría muerto en el camino? Se lamentaban de su suerte cuando oyeron un sonido conocido.

—Ese silbido…, Much le susurró al compañero que estaba a su lado.

—Viene de atrás…, dijo éste abriendo los ojos.

El príncipe y el alguacil dieron la señal al encapuchado.

—¡Cuidado!, un soldado alertó al de la capucha. Ese nudo está muy suelto, don incompetente.

El enmascarado se dio la vuelta para responder al soldado, ¡que era nada menos que ROBIN HOOD!

Llegó el momento que Robin y sus hombres disfrazados estaban esperando. Con sus espadas sometieron al enmascarado y a los soldados y liberaron a los prisioneros.

Todo sucedió tan rápidamente que el príncipe, el alguacil y el barón apenas tuvieron tiempo de salir corriendo.

—¡VAMOS!, Robin gritaba al pueblo: ¡VAMOS A CAPTURAR A LOS VERDADEROS LADRONES DE NOTTINGHAM!

El pueblo, que ya no aguantaba más los robos de aquella gentuza, obedeció las órdenes de Robin. Palos, piedras, cuerdas, todo se convertía en un arma.

Robin alcanzó al alguacil:

—¡¿Luchamos, alguacil?!, lo retó. ¡Quiero ver si sois tan bueno con la espada como yo!

Y el duelo comenzó. Robin era ágil, pero también lo era el alguacil. Mientras ambos se batían, Will, de un solo golpe, alcanzó a herir el hombro del barón.

Fray Tuck, muy activo, ayudó a las mujeres y a los niños a refugiarse en la capilla.

—¡Ay!, gritó el alguacil y cayó al suelo, alcanzado por la espada de Robin Hood.

Sin tardanza, Robin le amarró las manos y los pies. De ese modo, nunca podría escapar.

Will hizo lo mismo con el barón, quien no paraba de llorar de dolor.

—¡Un cobarde, eso es lo que sois!, se burló del barón sollozante.

—¿Dónde está el príncipe?, preguntó Will a Robin.

—¡Mirad!, señaló Robin. Ya no es necesario que lo atrapemos: ¡El pueblo ya se encargó de él!

Era verdad. Desde hacía mucho tiempo la gente quería ver a ese hombre en la cárcel.

—¡El pueblo os quiere vivo, príncipe Juan!, dijeron Robin Hood y sus hombres, acercándose. Bien vivo y bien preso, ¿no es así?, preguntó Robin a los queridos habitantes de Nottingham.

—¡VIVA ROBIN HOOD!, gritaba el pueblo feliz.

Robin y Marian

—¿Dónde están las mujeres y los niños? ¿Dónde está Marian?, quiso saber Robin.

—Están en la capilla con fray Tuck, le informó uno de sus hombres.

En cuanto Robin entró en la capilla y vio a Marian sana y salva, corrió a abrazarla.

—¡Tuve miedo de que murierais, Robin!, exclamó Marian feliz.

—¡Y yo temía que ya estuvierais casada con Gisborne!

—¿Qué griterío es ése?, preguntaron Marian y las demás mujeres.

—Es la gente de Nottingham. Arrestamos al alguacil, al barón y al príncipe Juan. De ahora en adelante, el pueblo nunca pasará hambre ni será objeto de robos. Para que nuestra felicidad sea total, solamente nos faltan dos cosas, Marian. Nuestra boda…, sonrió Robin, y el regreso del rey Ricardo.

—¡Pues no faltaba más! ¡La capilla está llena!, sugirió fray Tuck, que había escuchado la conversación. Un fraile vive para celebrar bodas…, añadió guiñando el ojo.

Las personas que llenaban la capilla gritaron a coro:

43

—¡Robin y Marian! ¡Robin y Marian!

Robin y Marian se arrodillaron frente al fraile. Uno tras otro, los compañeros de Robin fueron entrando en la capilla para asistir a la ceremonia.

—Robert de Lockesley, ¿aceptáis casaros con Marian?, preguntó fray Tuck, que todavía estaba vestido de soldado.

—Sí, acepto.

—Marian Fitzwater, ¿aceptáis casaros con Robert?, continuó, intentando sacudir con la mano el polvo de sus hombros.

—Sí, acepto.

Marian estaba emocionada.

Fray Tuck guiñó el ojo a Robin, como una señal para que besara a la novia.

Robin y Marian se pusieron de pie.

—¡Vivan Marian y Robin!, gritaban todos.

En la entrada de la capilla apareció más gente todavía para felicitar a los novios.

—¿Puedo besar a la novia?, pidió a Robin un caballero con armadura.

Robin se estremeció. Esa voz…

El caballero alzó la visera que cubría su rostro.

—¡REY RICARDO!, exclamó Robin. ¡Yo sabía que su Majestad estaba vivo!

—¡Robert de Lockesley, amigo mío! El rey Ricardo abrazó a Robin Hood. Vos liberasteis a mi pueblo de las garras de mi hermano. ¡No sé cómo recompensaros!

Robert, o Robin, no esperaba recompensa alguna. Su deber era obedecer a su rey y proteger al pueblo en ausencia del monarca. Sólo había cumplido con su obligación, liberando al pueblo de Nottingham de las locuras del príncipe Juan.

—¡Ésta es mi espada! Os la entrego en señal de amistad eterna, declaró solemnemente el rey Ricardo.

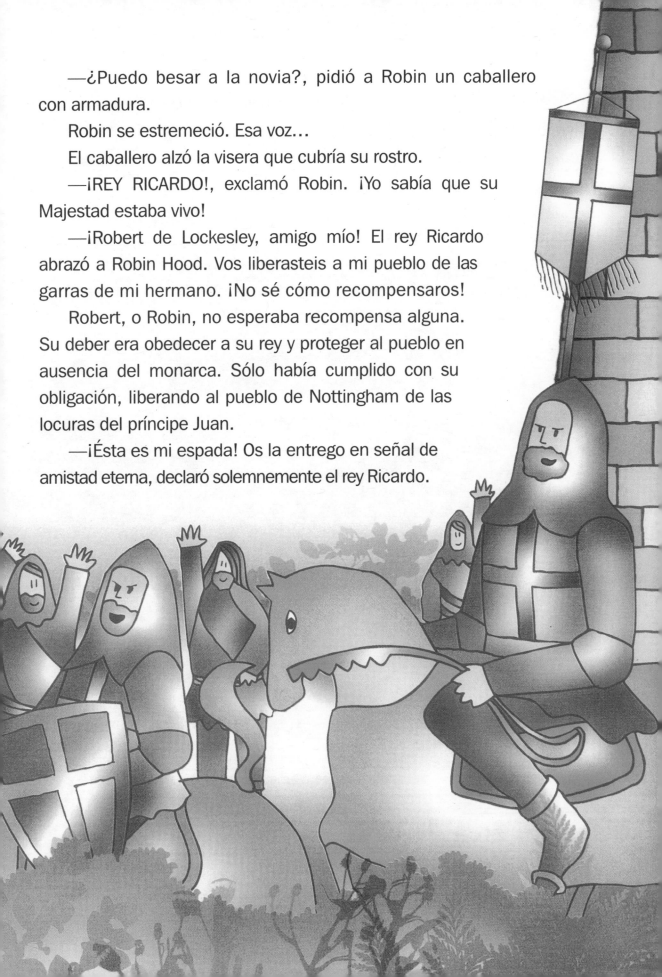

Robin y Marian se arrodillaron ante el rey.

Con el regreso del rey Ricardo, la paz volvió a reinar en Inglaterra. El alguacil, el príncipe Juan y el barón estuvieron presos durante mucho tiempo y después fueron expulsados del país, al que no pudieron regresar jamás.

Durante más de una semana, el pueblo de Inglaterra celebró con grandes festejos el regreso del rey Ricardo.

Robin y Marian vivieron en el castillo. Ahora, él era el conde de Lockesley. Siempre que podían, paseaban a caballo con sus amigos por... ¡EL BOSQUE DE SHERWOOD!

¿Quién inventó la leyenda del héroe Robin Hood?

Aunque la historia de Robin Hood es una leyenda, mucha gente quisiera que hubiera existido de verdad.

Es probable que esta vieja leyenda inglesa haya surgido entre los años 1150 y 1250, es decir, entre los siglos XII y XIII.

Los poetas populares anónimos declamaban las aventuras de Robin, narradas en versos sencillos. Posteriormente, sus hazañas se transmitieron en las canciones y baladas de los trovadores medievales de Inglaterra y de Escocia.

A través del tiempo, debido a la gran simpatía que tenía el pueblo por ese héroe, se crearon nuevas historias sobre él y su amigo, el Pequeño Juan. ¿Por qué Robin Hood fue tan querido?

Puede ser porque la gente, explotada por los nobles, deseaba verlos destruidos. Aunque tal cosa no sucedía en la vida real, al menos en las historias de Robin los oprimidos podían vengarse...

Incluso hoy en día, Robin Hood es muy famoso en Inglaterra. El bosque de Sherwood se conserva como parque nacional. En su entrada, hay una gran estatua del héroe defensor de los pobres y de los oprimidos.

LAROUSSE

Robin Hood

lectura **cláSiCa**
A partir de **9** años

Adaptación al portugués: Telma Guimarães Castro Andrade
Ilustraciones: Wilson Jorge Filho
Traducción al español: Beatriz Mira Andreu y Mariano Sánchez-Ventura

ENCUENTRO CON LA LECTURA

El rey Ricardo Corazón de León había desaparecido en una batalla. Su hermano, el terrible príncipe Juan, inventó que estaba preso en otro país, que pedían una enorme suma para liberarlo. Con el pretexto de pagar el rescate, le cobraba al pueblo elevados impuestos y se apoderó del castillo y de las tierras del conde de Lockesley.
Cuando Robert, el hijo del conde, regresó de la guerra, decidió vengarse del príncipe:
—De ahora en adelante, sólo seré Robin… ¡Robin Hood!

Recapitulación de la historia

Vamos a recordar algunos pasajes de las aventuras de Robin, completando los párrafos con las siguientes palabras.

Ricardo bosque barón huyó Robin felicitar explotar abusos enamoró escondite ahorcar boda padre asaltos recompensa identidad

---

a) El príncipe Juan inventó que su hermano, el rey _____ estaba preso en otro país y que pedían una enorme suma para liberarlo. Con ese pretexto, empezó a _____ cada vez más al pueblo.

b) Al saber que el príncipe había matado a su _____, Roberto de Lockesley huyó al _____ de Sherwood, donde reunió a un grupo de personas para luchar contra los _____ del príncipe. Así, asumió la _____ de Robin Hood.

c) Durante uno de los _____, Robin conoció a Marian, la novia del _____ de Gisborne, y se _____ perdidamente de ella.

d) Preocupada por la _____ ofrecida por la captura de Robin, Marian _____ del castillo del barón y llegó hasta el _____ de Robin para advertirle del peligro que corría.

e) Mediante amenazas, el príncipe consiguió llegar hasta el escondite de Robin y resolvió _____ a los prisioneros al día siguiente.

f) Al día siguiente, cuando los prisioneros ya tenían la soga alrededor del cuello, _____ y su banda atacaron por sorpresa, liberaron a los condenados y aprehendieron al príncipe y sus amigos. Ese mismo día, tuvo lugar la _____ de Robin y Marian. Después de la ceremonia, hasta el rey Ricardo apareció para _____ a los novios.

❷ Ahora que has recordado la historia, marca la V si la afirmación es verdadera, o la F si es falsa.

Al regresar de la guerra, Robin se quedó impresionado con la pobreza del pueblo.	V	F
Robin conoció al Pequeño Juan cuando intentaba cruzar un riachuelo.	V	F
Robin y su banda asaltaban tanto a los ricos como a los pobres.	V	F
Marian estaba enamorada de su novio, el barón de Gisborne.	V	F
Fray Tuck se aficionó al vino después de unirse a la banda de Robin.	V	F
Marian aprovechó el silencio de la noche para huir del castillo del barón.	V	F
Robin y sus compañeros, disfrazados de mendigos, asaltaron la capilla de Nottingham.	V	F

Los lugares y las épocas

1 Une los puntos del 1 al 22 y descubre el dibujo.

La aventura de Robin tuvo lugar durante:

- ◯ la época de la esclavitud, en el siglo XVIII.
- ◯ en Inglaterra, durante la Edad Media.
- ◯ en Francia, en el siglo XVI.

 Tacha las letras de los cuadros con números impares y descubre el mensaje oculto en las letras restantes.

¡4	V2	O1	I4	D3	V8	B5	A2	S7	R6	L1	O2	F3	B8	B3	I4	X9	N8	Ñ3
P7	S1	H4	B5	O8	S1	O2	C5	D4	S7	!4	H3	A2	C7	B8	A5	A6	J1	Z7
L3	J2	S3	O6	C3	L8	S9	O6	C7	S4	V1	E2	D1	X4	D3	P8	M1	L2	C1
Q1	S3	O4	S1	T2	F9	A6	H5	D4	S3	O2	X9	R6	V7	E4	D1	S2	V3	T9
A3	D8	D3	E6	B9	L4	C3	P2	M9	U4	C3	E6	L7	B8	T3	L2	Q7	O8	E5

¡Ahora transcribe ese mensaje!

_____

_____

 Colorea con un lápiz de color azul los lugares donde transcurre la historia.

bosque	montaña	castillo	Francia
mar	Inglaterra	Brasil	capilla

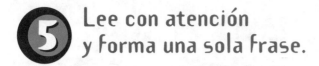

5 Lee con atención y forma una sola frase.

1. no tienen casa donde vivir.
2. los pobres, los miserables
3. Siento compasión por
4. y todas las personas que

¿Qué frase formaste?

_____
_____
_____

Quiénes son los personajes

1 En la historia de Robin Hood participan muchos personajes. Reconócelos escribiendo en cada círculo el número que corresponda a su descripción.

1 - Ricardo

2 - Robin

3 - Marian

4 - Príncipe Juan

5 - Tuck

◯ Hermano del rey Ricardo.

◯ Novia del barón de Gisborne.

◯ Rey conocido como Corazón de León.

◯ Fraile que celebró la boda de Robin y Marian.

◯ Líder de los asaltantes del bosque.

Resuelve el crucigrama y descubre, en el rectángulo horizontal, el nombre del rey de Inglaterra que desapareció durante una batalla.

1. Nombre verdadero de Robin Hood.
2. El mejor amigo de Robin.
3. Fraile aficionado al vino.
4. La novia de Robin.
5. Nombre del bosque donde se escondían Robin y su banda.
6. Título que Robin recibió después de su boda con Marian al regreso del rey Ricardo.
7. Apellido del barón que deseaba casarse con Marian.

3 Colorea los adjetivos más adecuados para describir al príncipe Juan y a sus amigos.

simpáticos	deshonestos	violentos
compasivos	cobardes	generosos

4 Completa la frase con las sílabas correspondientes.

| LA | | PO | | ZA | | DE | | | SER | | | DI | CA | |

BRE   BE   ERRA   DA

5 ¿Estás de acuerdo con la frase anterior? ¿Por qué?

_____

_____

_____

_____

_____

_____

_____

6 Colorea los cuadros del mismo color para relacionar el nombre de cada personaje con la frase que dijo y cuándo la expresó.

QUIÉN LO DIJO	QUÉ DIJO	CUÁNDO LO DIJO
Robin	Mil monedas de oro para quien entregue a Robin Hood.	Cuando el barón le preguntó sobre Robin Hood.
Marian	Ese dinero, señor, ayudará a los necesitados. ¡Es para una buena causa!	Cuando supo que Robin había robado el cargamento de armas.
Príncipe Juan	¿Qué debo pensar del hombre que me robó lo más valioso?	Cuando asaltó la carroza que conducía a Marian y a su tío.

Jugando con frases y palabras

Aprende y diviértete resolviendo los siguientes pasatiempos.

Frases misteriosas

 Descubre qué dice cada personaje. Sustituye cada dibujo por la letra que corresponda.

El Pequeño Juan:

Robin Hood:

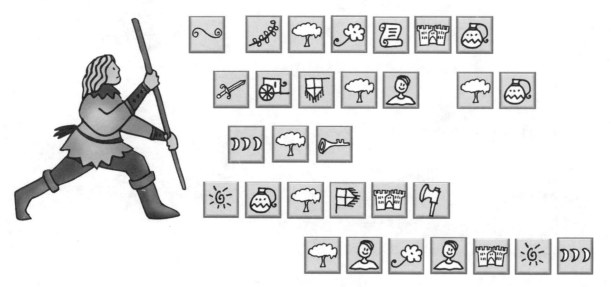

Alfabeto

A	B	C	D	E	F	G	H	I	J	L	M
N	Ñ	O	P	Q	R	S	T	U	V	X	Y
Z	guión		coma		signos de admiración					comillas	

2 ¿Sabes por qué motivo Robin y el Pequeño Juan dijeron esas frases?

○ **a)** Porque ambos se disputan a la novia del barón.
○ **b)** Porque están intentando cruzar un riachuelo.
○ **c)** Porque piensan invadir la capilla del castillo.
○ **d)** Porque están cargando un arca de ropa.

Viaje imaginario

Un amigo y tú han logrado viajar en el tiempo y se encuentran en pleno bosque de Sherwood. Allí deciden hacer preguntas a los miembros de la banda de Robin. Anota las preguntas y las respuestas que te darían.

P. 1 _____

R. _____

P. 2 _____

R. _____

P. 3 _____

R. _____

11

El espejo

Rodea en el espejo **A** las letras que no se "reflejan" en el espejo **B**. Ordena esas letras y descubre el nombre del arma principal que usaba la banda de Robin.

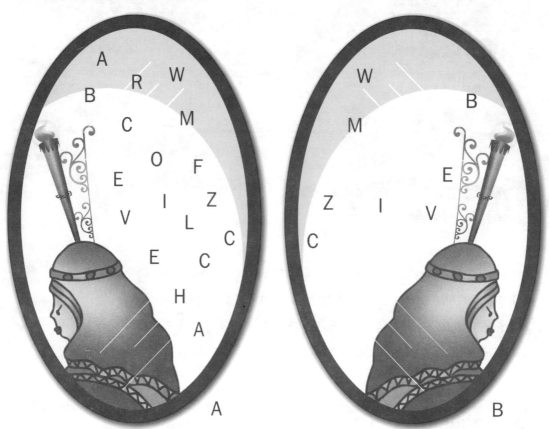

Sumas y restas

Resuelve las sumas y restas en el orden que se indica, anota los resultados en las líneas, y descubre el nombre de la peor enemiga de Robin Hood.

1. ROBIN – ROB = _____   5. GISBORNE – GI – BORNE = _____

2. JUAN – UAN = _____   4. TUCK — UCK = _____

3. TUCK – T – CK = _____   6. MARIAN – MAR – AN = _____

						CIA

Espiral

Hay una canción brasileña, llamada "Gente", del autor Caetano Veloso. Descubre uno de los versos de esta canción escribiendo las sílabas en espiral.

- Las sílabas de la columna A junto a los números impares.
- Las sílabas de la columna B junto a los números pares.

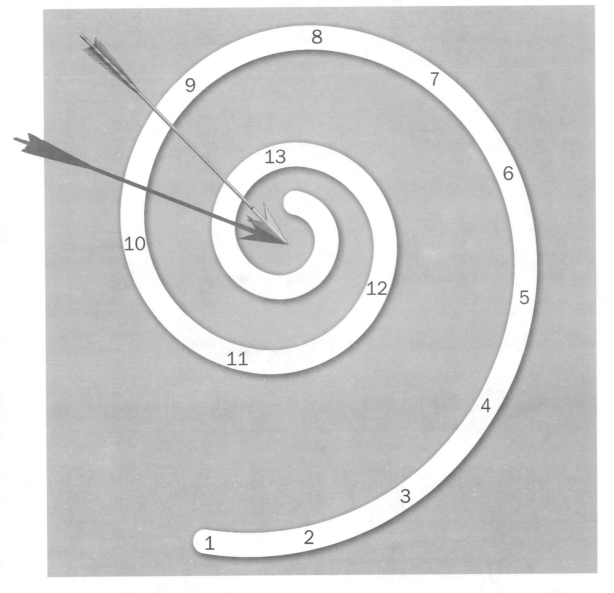

A	HOM	PA	BRI	NO	MO	DE	BRE
B	BRES	RA	LLAR	PARA	RIR	HAM	

Código

Descifra el código y lee el mensaje.

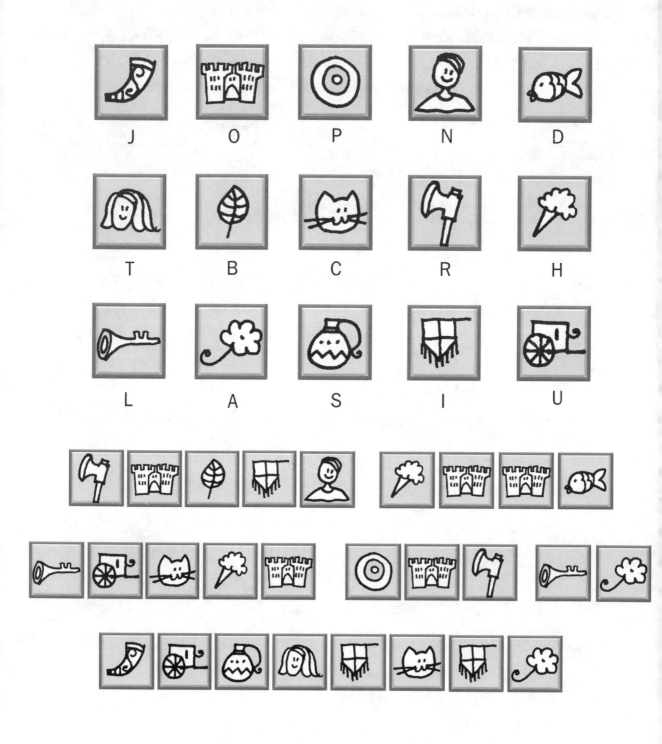

El sonido de las palabras

Descubre en el árbol de las **g** los sonidos que tiene esta letra en cada palabra. Usa algunas para escribir frases que se relacionen con Robin o Marian, u otro personaje de esta historia.

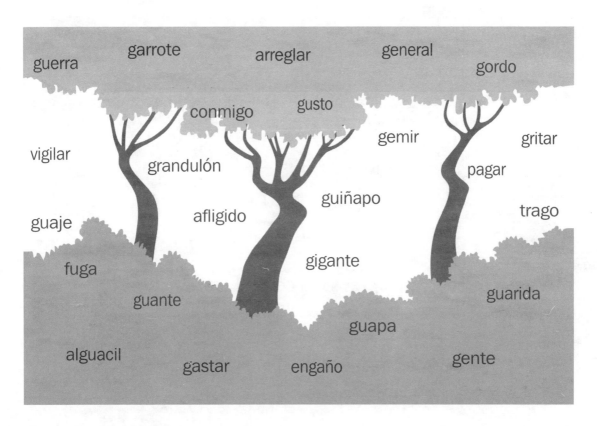

Ejemplos de frases:

Marian se dio a la fuga esa noche.
Robin combatió contra el alguacil.

_____
_____
_____
_____
_____
_____
_____

Sinónimos

Encuentra en el cuadro los sinónimos de las palabras resaltadas en las frases. Luego vuelve a escribir las mismas frases pero sustituyendo con las palabras que encontraste.

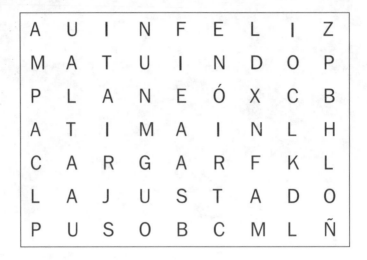

A	U	I	N	F	E	L	I	Z
M	A	T	U	I	N	D	O	P
P	L	A	N	E	Ó	X	C	B
A	T	I	M	A	I	N	L	H
C	A	R	G	A	R	F	K	L
L	A	J	U	S	T	A	D	O
P	U	S	O	B	C	M	L	Ñ

a) Marian se sentía **desgraciada** con el barón.

_____

b) Marian **preparó** su fuga del castillo.

_____

c) El vestido de Marian estaba muy **apretado** de las mangas.

_____

d) Marian **colocó** las almohadas bajo las sábanas.

_____

16